WINTER- UND WEIHNACHTSBUCH

Ilexzweig 1997, 20 x 23 cm

Winter- und Weihnachtsbuch

Texte von
Gisela Munz-Schmidt

Aquarelle von
Sibylle Buderath

STADLER

Verlag Stadler

Die Zeit

Wenn der Herbstgarten übergeht in Farben,
für die es keine Benennung mehr gibt –
(namenloses Braun, wortloses Grün)

wenn der Reif starrt und klirrt in Kristallen,
wie kein Goldschmied sie hämmert –
(kleinzackiger Blattrand, haarfeine Nadelspitzen)

wenn die Gedanken anders werden,
weich angesichts der Kerzen,
der Kindergesichter,
des Dufts nach Tannen,
altem Elternhaus –

dann ist das die Zeit.
Eines Jahres Ziel.

Gartenstrauß mit Ahorn 1992
48 x 36 cm

Bäume im Winter

Ihr Laub? Sie warfen's fort
und letzte Blätter hat der Wind gerissen.
Die Bäume wissen
vom Winter und kennen ihr Los.
Die Äste ragen groß
und dunkel, bis der Schnee sie deckt,
die weiße Last.
Versteckt
ducken sich Knospen an die Zweige
und warten.

Der Frost zwingt Ruhe und Geduld und Rast
in die Natur – in Feld und Flur und Wald und Garten.

Winter am Untersee 1996, 36 x 48 cm

Rezept für Nikoläuse oder Weckmännle

Zutaten: 500 g Mehl, 1 Würfel Hefe, 80 g Zucker, knapp 200 g lauwarme Milch, 100 g geschmolzene Butter, 3 Eigelb, 1 Päckchen Vanillezucker, 1 Messerspitze Safran, 1 Prise Salz, 2 Tropfen Zitronenöl, 1 Eiweiß, Rosinen für's Gesicht und Knöpfe, evtl. Tonpfeifchen

Hefeteig zubereiten. 2 x gut gehen lassen.
Nikoläuse ausstechen oder Weckmännle formen.
Vor dem Backen 20 Minuten gehen lassen.
Dann mit Eiweiß bestreichen und dekorieren.
Ungefähr 20 Minuten bei mittlerer Hitze backen.

Adventskranz

Ein Kranz ist's und vier Kerzen sind's
und Tannenreis und rotes Band.
Ein Zeichen rund wie Ewigkeit,
das nimmt uns an die Hand.

Erst eins, dann zwei, dann alle vier.
Sie brennen auf und leuchten weiter
in unserem Sinn: so sehen wir,
die Lichter sind Begleiter.

Als Sterne in der Dunkelheit,
als Gruß auf unseren Wegen,
als Leitmaß in der Winterzeit
die Flammen uns bewegen.

Ein Kranz ist's und vier Kerzen sind's
und Tannenreis und rotes Band.
Ein Zeichen rund wie Ewigkeit
aus einem unsichtbaren Land.

Adventsbegegnung

Noch unter dem Eindruck der Adventsliturgie, die durch kindliches Flötenspiel überglänzt war und in Gedanken an die Predigt, in der der Pfarrer gesagt hatte: „Zwei Ohren habt ihr und nur einen einzigen Mund, sprecht nur die Hälfte und hört doppelt zu", ging ich an einem alten Mann vorbei und hinterließ die schöne Stimmung in zunehmender Eile.

„Pressiert's denn so", fragte er von hinten, und ich zögerte nun ein bisschen – nein, doch eigentlich nicht, und ich passte mich seinem Tempo an, er ging an einem Stock, wir schritten nun gleich und blieben manchmal stehen im Gespräch. Ich kannte ihn vom Sehen; er war eher klein und strahlte doch Größe aus, er hielt auf sich und zeigte beim näheren Hinsehen auf das kurz rasierte Haar, den gepflegten Schnurrbart, den Anzug mit weißem Hemd und wollener Weste eine deutliche Würde, die ich auch in seiner Sprache wiederfand.

Er war ein Bauer von über 80 Jahren und erzählte mir, nachdem wir einander über Familie und Stand informiert hatten, von früher. „Alle Zeiten kommen wieder", habe man früher gesagt, aber wir hätten doch schon so viel verloren, was nie mehr kommen würde.

Und er erzählte von den Wachteln und Lerchen und Rebhühnern, die es früher noch gegeben habe, und machte noch einmal den Schlag der Wachteln nach und das Trällern und die Bewegung der Lerchen, wie sie aufflogen früh am Morgen hoch in den Himmel, und sprach von den Feldhasen und den Rehen am Waldrand, die dort Abend für Abend standen.

Wir waren bei dem alten Birnbaum vor seinem Haus angekommen. Es habe kein Jahr gegeben, in dem dieser nichts getragen hätte, und früher seien solche so zahlreich gewesen wie Schafe in einer Herde.

Während er so erzählte, betrachtete ich abwechselnd den Hochstamm und ihn. Er selber kam mir nun vor, als sei er so ein alter prägender und geprägter Baum, der viel erlebt hat und gesehen und jetzt noch dasteht als Zeuge einer Zeit, die in unsere nur noch hereinragt.

Reif hing in den Zweigen des Birnbaumes, die Wintersonne schien hindurch und ließ die Kristalle noch einmal aufleuchten wie Blüten im Mai; aber es lösten sich schon Tropfen ab und am Abend würde alles abgefallen sein, dunkel und schwarz würden die Äste in den Himmel ragen wie mahnend erhobene Arme, vielleicht in diesem Winter zum letzten Mal.

Der alte Bauer lächelte. „Jetzt müssen wir uns trennen", sagte er. „Sie haben noch viel vor. Für mich aber ist der Tag schon fast vorbei". Und dann ließen wir zum Abschied unsere Hände lang ineinander, einfach so, und ich fühlte, wie meine Hand warm wurde von dem herzlichen Druck seiner alten knorrigen.

Als ich nach Hause ging, schien das Licht auf besondere Weise zu leuchten, so als seien tausend Kerzen am Himmel aufgesteckt, und es war doch nur die eine Dezembersonne, die weich schien und dem Morgen die Kälte abnahm so wie einer eines anderen Last.

Weihnachtslied

Zwischenspiel (instrumental, z.B. Flöten, Geigen, o.ä.)

Und wieder sehen wir den Berg von Päckchen und Geschenken,
und wieder wollen wir auch selbst an unsere Lieben denken.

Und wollen nicht, bei aller Freud', vergessen und verdrängen,
warum die Kugeln glänzend rund am Weihnachtsbaume hängen.

Warum wir Kerzen hell und warm an diesem Fest anzünden:
Das Kind der Liebe, klein und arm, das sollen sie verkünden.

Text: Gisela Munz-Schmidt
Melodie/Satz: Elisabeth Mayer

Und wenn's wirklich mal pressiert...

Adventlicher Aprikosenkuchen

Zutaten für den Rührteig:

125 g Butter
100 g Zucker
3 Eier
3 Tropfen Zitronenöl
125 g Mehl
40 g Mondamin
1/2 Päckchen Backpulver
2 Esslöffel Lebkuchengewürz

Zutaten für den Belag:

1 Dose abgetropfte Aprikosen
(oder Kirschen, oder Pfirsiche)
1 Ei
80 g Zucker
1 Vanillezucker
3 Esslöffel Sahne
2 Esslöffel Mondamin
100 g Mandelstifte oder
Mandelblättchen

Auf dem Rührteig die Früchte verteilen, die anderen Belagzutaten miteinander vermengen und auf die Aprikosen geben.
Bei mittlerer Hitze ungefähr 50 Minuten backen.

Das besondere Geschenk

Sie wollte ihrer Mutter eine besondere Freude machen an diesem Weihnachtsfest. Etwas Schönes sollte es sein, eine Erinnerung werden, denn ihre Mutter hatte ihr geholfen, ihre Studentenbude in Freiburg einzurichten, die sie mühsam gesucht und endlich spät gefunden hatte. Unmöbliert war sie gewesen, und die Mutter hatte sich viel Mühe mit dem Einrichten gegeben, hatte sich frei genommen, Geschäfte abgesucht, Preisvergleiche angestellt und Besorgungen ausgeführt. Und das war Stefanie recht gewesen: Sie hatte zu tun gehabt mit der Umstellung an den neuen Studienort, war durch das mühselige Budensuchen unter Zeitdruck geraten und froh, dass ihr die Mutter so viel abgenommen hatte. Deshalb sollte sich die Mutter auch besonders freuen an diesem Weihnachtsfest.

Stefanie stöberte in einem Geschäft am Münsterplatz, das sie auch sonst gerne besuchte, um schnell mal eine Tasse Kaffee zu trinken oder all die süßen, hübschen, niedlichen, goldigen, urigen, bezaubernden Sachen anzuschauen, die es dort in großer Auswahl gab. Spontan hatte sie sich entschieden: Eine große Zinndose in Herzform sollte es sein, mit einem Rosenbukett darauf, und hinein sollten später vielleicht gute Rumkugeln, die ihre Mutter so gerne mochte. Die Inhaberin des Ladens freute sich mit über die gelungene Wahl und verpackte das Geschenk mit schönem Papier und feinem Band. Stefanie bezahlte und verließ das Geschäft. Sie wollte noch auf den Markt, um Obst zu besorgen, und reihte sich vor einem Stand in die Warteschlange ein.

„Hey, Stefanie", tönte es plötzlich von hinten, und sie drehte sich um. Urs, ein ehemaliger Schulfreund, stand hinter ihr und lachte. Sie hatten sich länger nicht gesehen und freuten sich beide herzlich über das Wiedersehen.

Aber als Stefanie ihren Weihnachtskauf erwähnte und Urs die geschmackvolle Verpackung zeigen wollte, war das Päckchen weg. Wo hatte sie die Tasche, in der es gewesen war, denn verloren? Es war doch nur eine kurze Strecke vom Laden zum Markt gewesen.

Aber sie war über den Weihnachtsmarkt gegangen. Hatte die Stände angeschaut. Hatte sich an der Musik erfreut. Hatte die Leute betrachtet. Während dieser Zeit war die Tasche unbeachtet geblieben. Würde sie hier bestohlen werden? So kurz vor Weihnachten? Es schien ihr entsetzlich und unglaublich. Und doch war es so.

Urs nahm Anteil. Er tröstete Stefanie und legte den Arm um sie. „Wieviel Geld hast du noch? Was kosten die Dosen? Ich lege dir den Restbetrag aus. Komm." Und sie gingen zusammen noch einmal in das Geschäft. Die Inhaberin, selbst Mutter einer Studentin, half trösten. Stefanie entschied sich für eine etwas kleinere Dose, als es die erste gewesen war.

„Wissen Sie was", sagte die Inhaberin. „Kaufen Sie doch die größere, ich übernehme die Differenz." Über so viel Hilfsbereitschaft war Stefanie gerührt und glücklich, und schließlich hielt sie wieder das besondere Geschenk für ihre Mutter in der Hand. Fast so wie beim ersten Mal, nur mit ganz anderen Gefühlen.

„Wann kann ich dir das Geld zurückgeben, Urs", fragte Stefanie beim Hinausgehen. „Und wo studierst du eigentlich?" „Ich wechsle im nächsten Semester nach Freiburg", sagte Urs. Stefanie fühlte, wie sich ihr Herz plötzlich bewegte und wie ihr Atem für einen Augenblick stockte. Sie sah Urs von der Seite an.

Er wendete ihr sein Gesicht zu. „Aber über die Feiertage bin ich hier." „Ich auch", sagte sie. Wie auf Verabredung verlangsamten sich ihre Schritte, und sie gingen auf den nahen Markt zu, als hätten sie gemeinsam noch einen weiten Weg vor sich.

Vom Verschenken

„Zu Weihnachten, weißt du", sagte das Kind, und sie gingen die überfüllten Straßen entlang und drängten sich durch die Menschenmassen, „zu Weihnachten, weißt du, da wünsche ich mir", und die Mutter hielt das Kind verkrampft an der einen Hand, den Einkaufskorb sperrig an der anderen, was habe ich nur den Korb mitgenommen, dachte sie, eine Tasche, einen Rucksack meinetwegen, das wäre gut gewesen heute und nicht so hinderlich, „ein Meerschweinchen", sagte das Kind, und die Mutter fragte: „Wo?"
„Ein Meerschweinchen wünsche ich mir", sagte das Kind, und ich habe immer noch nichts für den Vater, dachte die Mutter, er wird alt und bedürfnislos, ein Mann, der anfängt, alles wegzugeben, statt alles zu nehmen wie früher, ja früher, da hatte er alles beansprucht, alle mit seinen Ansprüchen geprägt, und nun wollte er nichts mehr für sich, er verschenkte viel, seine Bücher, seine Bilder, sogar seine Taschenmesser, eines nach dem anderen, er hatte so viel gesammelt, und nun gab er eines ums andere weg.

Ob das gut war, alles wegzuschenken, was würde ihm denn noch bleiben, wenn alles verschenkt wäre? Wer hat, kann geben, pflegte er neuerdings zu sagen, aber was, wenn er nichts mehr hätte? Leere Hände nur? Was bliebe ihm dann?
„Ein Meerschweinchen wünsche ich mir, das will ich dem Opa zeigen", sagte das Kind, und die Mutter dachte daran, wie wenig Zeit ihr Vater früher für sie gehabt hatte und wie viel nun für das Kind. Er hat Zeit zu vergeben, dachte sie plötzlich, wie schön, warum macht man das eigentlich nicht? Warum stellt man keinen Gutschein aus: Ich schenke dir zu Weihnachten Zeit. Soundsoviele Stunden an soundsovielen Tagen zum Spazierengehen, zum Miteinanderreden. Das wäre doch ein schönes Geschenk. Ich verschenke mich. Mich selbst und meine Zeit.
Sie hielt inne, mitten im Gewimmel der Leute blieb sie stehen. Jetzt auf der Stelle fange ich an damit, dachte sie, und schenke meinem Kind fünf Minuten und gebe mich.
Und sie sah dem Kind aufmerksam ins Gesicht, bis sie seinen Blick fand, und fragte dann ruhig: „Du wünschst dir ein Meerschweinchen?"

Lebkuchen und Brot

Seit Oktober,
nein, seit September,
kaufe ich Lebkuchen
zu vorweihnachtlichem Naschgenuss.

Heute war einer ein bisschen hart.

Da fiel mir das alte,
fast vergessene Sprichwort ein:
„Hartes Brot ist nicht hart.
Kein Brot, das ist hart."

Ich aber esse Lebkuchen,
und ein einziger ist ein bisschen hart.

Weihnachten

Ob es so richtig ist mit dem Rummel,
den vielen Geschenken?
  Es ist so geworden.
Und die Hektik?
  Wir machen sie selbst.

Irgendwie hilflos
sitzen wir unterm Tannenbaum
aus Plastik,
geschmückt mit elektrischen Kerzen,
und der Stimmung fehlt nur noch
Schnee
und der alte Glaube.

Weihnachtsboten

Mistel an der Tür und Ilex,
Buchsgesteck und Tannenreis.
Grüne Boten. Rote Beeren.
Weihnacht wird es.
Gold und Weiß.

Fällt der erste Schnee hernieder,
leuchten Kerzen, läuten Glocken.
Du hörst alte Weihnachtslieder
und du lauschst: Die hellen Flocken

sagen dir, wie's immer war.
Wie es sein wird. Winterweihnacht.
Wunderzeichen. Sonnenwende.
Fest der Liebe Jahr für Jahr.

Eine Kerze anzünden, damit mir ein Licht aufgehe …

Lass mich die Tannenzweige
mit leichter Hand zurückbiegen
und das Engelshaar lass mich wegdenken,
Lametta, Glitzerketten und Flitterstränge
sanft entfernen,
die hetzigen Einkäufe nicht tätigen,
die falschen Geschenke nicht kaufen,
Überanstrengung vermeiden,
Übertreibung unterlassen.

Lass mich eine Kerze anzünden,
damit mir ein Licht aufgehe:
Zart das Kind streicheln,
liebevoll die Mutter grüßen,
herzlich dem Mann danken.

Und lass mich ganz still werden
und ganz ruhig bleiben,
damit ich alles sehe
und alles verstehe:

Das einfache
ewige
große
Geschenk.

Christrosen 1996, 19,5 x 21,5 cm

Christ-Rose

Woher dies Grün und Weiß,
woher die Spur von Rot,
daneben schneit's den Schnee
und Eis hängt in der Luft.

Ich seh'
in gelben Staubgefäßen
eine Sonne,
die wärmt,
wie Liebe wärmt.

Daher.
Einfach, einfach
daher.

Angst vor Weihnachten

An der Tür hing ein weihnachtlicher Kranz. Hagebutten waren eingebunden in Stechpalmenzweige, deren rote Beeren kräftig leuchteten. Ich liebe Hagebutten, die Früchte der Rosen, und diese hier waren rund und gelb; aber ein schneidender Wind vertrieb mir die besinnlichen Gedanken, und ich klingelte schnell.

Meine Freundin öffnete die Tür, hallo, komm 'rein; es duftete nach Kaffee und frisch gebackenen Waffeln. Wir setzten uns an den einladend gedeckten Tisch; meine Freundin ging noch einmal in die Küche, um heiße Kirschen zu holen, die wir zu den Waffeln mit Schlagsahne essen wollten. Ich sah ihr nach; schmal war sie geworden, von einer Zierlichkeit, die ich nicht an ihr kannte, und als sie zurückkam, blickte ich in ein durchsichtig scheinendes Gesicht.

Ich wußte wohl, dass sie problematische Zeiten durchlebte als alleinerziehende Mutter zweier Kinder, die heute nachmittag bei Freunden zum Spielen waren. Zeit also zu reden.

Ich habe Angst vor Weihnachten, sagte sie. Solch ein Erwartungsdruck, die Kinder mit ihren fordernden Wünschen, die zeitliche und finanzielle Begrenztheit, das unbestimmte schlechte Gewissen, Weihnachten irgendwie doch niemand richtig gerecht werden zu können. Ihre Eltern würden wegen Gebrechlichkeit zum ersten Mal nicht kommen können, seit die Kinder auf der Welt seien.

Restfamilie statt Familienidyll; sie fragte sich, seufzend, ob sie allein die Kraft haben würde, es ihren Kindern schön zu machen, während es ihr selbst zum Heulen war. Weihnachten also ausfallen lassen? Gefühlsvermeidungsstrategie? Die Kinder zum Vater und seiner Freundin schicken? Verantwortungsentlastung? Die alten Eltern mit den Kindern besuchen? Klammerversuche? Die Kinder mitheulen lassen? Trauerarbeit?

Wir erwogen alle Möglichkeiten. Ich muß da durch, sagte sie. Wo die Angst ist, ist der Weg.

Wir verabschiedeten uns nach geraumer Zeit, ohne dass eine Lösung für sie annehmbar war.

Zwei Tage vor Weihnachten stand ich wieder vor der kranzgeschmückten Tür, Stechpalmen. Was für harte, widerstandsfähige, zähe Pflanzen. Ich klingelte und gab meine kleinen Päckchen für die Kinder ab. Komm rein, sagte meine Freundin, aber die Luft war mild, und ich wollte mich nicht aufhalten. So standen wir eine Weile an der offenen Tür. Immer noch Angst vor Weihnachten?, fragte ich. Jetzt erst recht, lachte sie. Ich habe meinen Ex-Mann und seine Freundin eingeladen, und sie haben zugesagt. Den Kindern zuliebe ...

Das kam uns beiden nun doch echt weihnachtlich vor, und wir verabschiedeten uns mit herzlichen gegenseitigen Wünschen für das bevorstehende Fest und das kommende neue Jahr.

Harrys Weihnachtsbaum

Die Auswahl des Weihnachtsbaums ist immer eine wichtige Angelegenheit, die jede Familie besonders gestaltet, nach Geschmack, Vermögen und Tradition, so wie sie ihn ja später auch auf ganz eigene Art und Weise schmückt und behängt.

Einer unserer Freunde zum Beispiel besichtigt seinen Familienbaum mit dem Förster im Wald und schlägt ihn dann selbst mit seinen Söhnen – bei uns geht es allerdings weniger rituell und romantisch zu, mein Mann kaufte ihn seither, und ich schmückte ihn und muss zugeben, dass diese Arbeitsteilung in manchem der vergangenen Jahre zu kleineren Missstimmigkeiten geführt hatte.

Nicht groß genug war mir der in aller Heimlichkeit herbeigebrachte Baum, nicht buschig genug oder nicht genug verzweigt – dieses Mal, so schlug Werner vor, seien die Kinder schon groß, wir könnten also das Christbaumgeheimnis lüften, ihn von der schweren Verantwortung entlasten und den Baum zu viert aussuchen, wobei ich mein kritisches Wörtchen vor dem Kauf anzubringen die Gelegenheit hätte.

So machten wir es auch, einigten uns auf ein genügend großes, buschiges und verzweigtes Exemplar, bestaunten nebenher den dicken Bauch des ostdeutschelnden Verkäufers ebenso wie die Baumvermaschungsmaschine, in die unser Christbaum gesteckt wurde, um hinten artig verjüngt und schlank verpackt herauszuschlüpfen, was übrigens jedem ost- oder westdeutschen Bauchträger eine willkommene Erfindung wäre.

Dann zurrten wir unser aerodynamisches Modell auf dem Autogepäckträger fest und fuhren es langsam nach Hause, wo wir es aus der Vermaschung befreiten und hinter dem Haus bereitstellten, neben dem Baum unseres Nachbarn, der seinen Tannenbaum bei uns versteckt, weil seine Kinder noch klein und gläubig sind, und das alles taten wir voller Vorfreude und mit einem gewissen unverkennbaren Stolz.

Da kam am nächsten Tag wie verabredet unser holländischer Freund Harry mit seiner Familie auf der Durchreise, sie würden den Abend mit uns verbringen, übernachten und am nächsten Tag zum Skifahren weiterreisen.

Auf dem Gepäckträger ruhte schnittig die Skikapsel aus Hartkunststoff, das wettersichere Großetui für die Skier der Familie. Harry öffnete den Kofferraum, um das Nötige zu entnehmen (immer sind auch schöne Geschenke für uns dabei), als er plötzlich rief: „Da könnt ihr auch mal unseren Weihnachtsbaum sehen!" Und wir staunten nicht schlecht, als er ein kleines prallgrünes Gestellchen herauszog, mit dichten strammen Plastiknadeln und festen Zweigchen, die mit winzigen Attrappenkerzchen und in sportlichem Karo verpackten Schaupaketchen ausgestattet waren. „Diesen Baum stellen wir im Urlaub auf", sagte er, voller Freude und mit einem gewissen unverkennbaren Stolz, und schwenkte das kleine Prachtdingelchen hoch, und wir alle lachten und freuten uns mit.

Kommt es doch eigentlich weder auf die Größe noch auf die Ausstattung eines Baumes an, sondern allein darauf, was er auslösen kann. Gefallen muss er der Familie, dann kann jede nach ihrer Fasson weihnachtsselig werden.

Im Winter

Kristalle und Flocken
decken die Erde
in dichter Schicht.

Darüber schreiten,
stapfen und gleiten.

Frische des Winters
im warmen Gesicht.

Winterliches Meersburg 1993, 30 x 40 cm

Sonniger Wintertag am See 1996, 36 x 48 cm

Im Winter im See bei der Bodensee-Fee

Im Sommer lebt die Bodensee-Fee im flachen Untersee, damit sie dich auch manchmal beim Baden beobachten kann.

Sie liebt nämlich Menschenkinder über alles, und besonders lustig findet sie deine beiden Beine mit den Füßen dran, denn sie selbst hat einen Schwimmschwanz, dass sie auch schnell und überall herumschwimmen kann in ihrem Riesenreich. Sie kann einfach kaum glauben, wie jemand mit zwei Beinen stehen und gehen, strampeln und tanzen, hüpfen und sogar schwimmen kann, und will es immer wieder sehen.

Im Winter friert der Untersee leicht zu, und aus diesem Grund, und auch wegen der Abwechslung, zieht sich die Bodensee-Fee schon im Herbst in ihr Wasserschloss an der tiefsten, tiefsten Stelle zurück, um dort die kalte Jahreszeit zu verbringen.

Dieses Schloss ist traumhaft schön: aus verlorenen Fischernetzen gewoben, mit Muschelschalen bestickt und mit Seerosen geschmückt, wird es von vielen Fischen bewohnt, die alle gute Freunde der Bodensee-Fee sind. Ihre Tante, Frau Trüsche, wohnt dort das ganze Jahr als Wächterin, und auch Herr Weller, der große dicke Wels mit den langen Barteln, hat ein stattliches Haus in der Nähe des schönen Wasserschlosses.

Einmal, an einem Wintertag, herrschte große Aufregung: Der See wogte und wallte und wellte, dass die Seerosen nur so zitterten und die Fischernetze wild schlingerten, und die Bodensee-Fee wurde sehr, sehr unruhig: Was war nur los? Ein Erdbeben? Eine Motorbootregatta? Eine Explosion?

„Holt Frau Trüsche herbei", sagte die Bodensee-Fee und setzte sich fest auf ihren Schlingpflanzenthron, obwohl dieser bedenklich hin- und herwackelte. „Sie ist alt und hat schon viel erlebt, vielleicht kann sie die Unruhe erklären".

Ein Bote schwamm davon, und es dauerte eine lange, lange Weile, bis er wieder zurückkam, ohne Frau Trüsche.

Aber er lachte über sein ganzes Fischgesicht. „Warum lachst du?" fragte die Bodensee-Fee etwas verärgert. „Ich mache mir Sorgen, und du kommst ohne Frau Trüsche und lachst!" „Die Sache ist ganz einfach, urkomisch einfach", prustete der Fischbote und zappelte vor Vergnügen. „Herr Weller hat sich verfangen. Er wollte dich besuchen, aber nicht durch den Haupteingang, sondern durch einen Seiteneinschlupf. Nun ist er in einem Fischernetz mit seinen Barteln hängengeblieben. Er ärgert sich furchtbar und ist die Explosion persönlich."

Die Pfahlbauten in Uhldingen 1993, 30 x 40 cm

Die Bodensee-Fee war sehr, sehr erleichtert. „Befreit ihn", sagte sie, „und lade ihn zum Schleien-Eier-Essen bei mir ein. Das ist sein Leibgericht. Das wird ihn versöhnen.
Er soll aber den Haupteingang benutzen, damit er nicht wieder hängenbleibt."
Lachend schwamm der Bote davon.

Und wenn du einmal im Winter siehst, dass die Wasseroberfläche des Sees sich bewegt, obwohl weit und breit kein Wind weht und sich kein Lüftchen regt, wer weiß, vielleicht hat dann wieder der unverbesserliche Herr Weller einen Seiteneingang benutzt und ist hängengeblieben. Man sagt dann: Der See wellert, und freut sich ein bisschen, weil man ganz genau weiß, warum.

Winter in den Bergen 1991, 30 x 40 cm

Weihnachten bei der Bodensee-Fee

Schließlich ist Gott nicht nur für uns Menschen da, sondern auch für die Tiere, und deshalb kann man sich leicht vorstellen, dass auch im Bodensee das Weihnachtsfest gefeiert wird.

Kerzen kann man natürlich im Wasser nicht anzünden und Tannenbäume wachsen auch nur an Land, aber jedes Volk hat seine eigenen Bräuche und das Fischvolk feiert Weihnachten auf seine ganz besondere Weise.

Es versammeln sich alle Fische um das Wasserschloss der Bodensee-Fee und sie feiern einen Tag und eine Nacht lang Frieden: bei Tänzen mit Flossen und Schwänzen. Sie verfolgen einander nicht, sondern schwimmen friedlich miteinander um, sie verzehren an diesem Tag und in dieser Nacht auch nur Pflanzen, und wie schon gesagt, sie tanzen. Nur einer fehlte dieses Mal. Es war der Hecht.

Winter auf der Mainau 1995, 32 x 41 cm

„Warum ist der Hecht nicht dabei?"
„Er will uns fressen!"
„Er lauert bestimmt im Hinterhalt!"
„Ihm ist nicht zu trauen!"
„Er ist ein Räuber!"
„Der Hecht ist schlecht, der Hecht ist schlecht!"
So schwirrte es durcheinander.
Vorbei schien es an diesem Weihnachtsfest mit Friede und Freundschaft, Pflanzen und Tanzen! Statt dessen Unruhe und Argwohn, Angst und Misstrauen, und das schon am Anfang!

Nun ist es ja tatsächlich so, dass der Hecht ein schier unersättlicher Räuber ist, mit einer Gefräßigkeit, die einem unglaublich vorkommt und die anderen Fische, vor allem die kleineren unter ihnen, das Fürchten lehrt.

Was der Fuchs für die Hühner, ist der Hecht für die Fische: ein Feind. Ein sehr gefährlicher Fressfeind.

„Letztes Jahr hat er doch mitgefeiert und Frieden gehalten", sagte die Bodensee-Fee laut. „Und alle Jahre davor auch, das weiß ich noch ganz genau. Immer hat er sich an unsere Gesetze gehalten. Warum sollten wir ihm misstrauen? Es wird schon einen Grund geben, warum er nicht da ist."

Aber das Fischvolk ließ sich kaum beruhigen und schwamm aufgeregt umher: Der Hecht ist schlecht, das war überall zu hören.

„Was ist schlecht am Hecht", fragte die Bodensee-Fee. „Macht er etwas anderes als ihr alle? Jeder ernährt sich von etwas anderem Lebendigen. Das ist so gewollt. So macht es auch der Hecht."
„Er ist anders", sagten die Fische."
„Jeder ist anders auf seine Art", sagte die Bodensee-Fee.

„Er frisst mehr Fische", sagten die Fische.
„Er braucht mehr", sagte die Bodensee-Fee.
„Er kommt nicht, obwohl wir das Weihnachtsfest tanzen wollen."
„Das ist richtig", sagte die Bodensee-Fee, „das wundert mich auch."

Ganz plötzlich war er da, der Hecht.
Alle Fische stoben ängstlich auseinander und bildeten eine Gasse, durch die er schwamm bis vor die Bodensee-Fee.

Und wie sah er aus! Lange Schlingpflanzen hingen ihm aus seinem tiefen gierigen Maul.
„Erkläre uns, warum du jetzt erst kommst", sagte die Bodensee-Fee.

Da öffnete der Hecht seine große Schnauze, und alle konnten seinen zähnestarrenden Rachen sehen. Die Pflanzen sanken langsam auf den Grund. „Ich habe erst Pflanzenfutter geholt", stöhnte der Hecht. „Ich wollte rechtzeitig dasein, bestimmt, aber ich musste mir einen Pflanzenvorrat mitbringen, weil ich zur Zeit so ganz besonders hungrig bin."

Wieder stöhnte er und schwieg dann, wobei er seinen spitzen Kopf senkte.
„Ich gehöre auch zum Fischvolk", sagte er dann schließlich, nachdem ihn alle lange und regungslos angeblickt hatten, wobei sie über ihn nachdachten. War ihm zu trauen?
„Ich will mich auch an die Gesetze halten", sagte er.

„Schon gut", sagte die Bodensee-Fee. „Wir wollen dir glauben. Friss dich erst schon einmal tüchtig satt an deinem Vorrat, und dann wollen wir sehen, ob du unsere Tänze nicht verlernt hast."

Die Fische tanzten nun ihren Weihnachtstanz den ganzen Tag lang, und immer wieder beachteten sie den Hecht und beobachteten ihn genau: aber er, nachdem er sich noch einmal so tüchtig vollgefressen hatte, tanzte kein einziges Mal aus der Reihe.

Und als dann die Weihnachtsnacht kam und der See hell erglänzte vom wundersamen Licht, das aus den Sternen klar hineinstrahlte, ließ die Aufmerksamkeit am Hecht nach, und alle tanzten wunderbar und fühlten nun wie jedes Jahr, dass eines doch das Schönste war und bleibt und ist: FRIEDEN.

Tommy und sein Vater

Der Schulkinderchor sang auf einer Weihnachtsfeier für die Kindergartenkinder und ihre Gäste Weihnachtslieder aus aller Welt. Dazwischen spielten Kinder auf Flöten, Klavier und Geigen. Es war eine schöne Veranstaltung gewesen, und der Vater, der Tommy begleitet hatte, ging mit seinem Sohn zufrieden nach Hause. Unterwegs aßen sie Weihnachtsgebäck und unterhielten sich über das Fest.

„Hat mir sehr gut gefallen", sagte der Vater. „Ihr habt einen tollen Kerzentanz hingekriegt." Tommy biss in einen Kringel und erzählte: „Beim Üben haben wir alle furchtbar gewackelt, aber heute gar niemand. Nur Sabrina hat ihren Kerzenhalter vergessen, aber Fräulein Müller hatte noch einen und hat ihn ihr gegeben."

Nach einer Weile fragte der Vater: „Du, Tommy, wie war das eigentlich mit den Weihnachtsliedern aus aller Welt, hast du die denn verstanden?" „Klar", sagte Tommy, „irgendwo kam immer Jesus oder Christus oder Bethlehem vor. Ich habe alles verstanden. Und die Flöten und die Geigen und das Klavier spielen sowieso deutsch." „Schade, dass Mami nicht dabei sein konnte", sagte der Vater. „Wir erzählen ihr alles", meinte Tommy. „Gut erzählt ist wie dabeigewesen." „Mit den Keksen müssen wir uns aber zurückhalten, sonst können wir zu Hause nichts mehr anbieten und müssen auch noch das Gebäck beschreiben", mahnte der Vater.

„Siehst du die Sterne droben?" fragte Tommy, der wohl ablenken wollte. „Sie leuchten so auf der ganzen Welt!" bemerkte der Vater. „Wie der Stern von Bethlehem", sagte Tommy, „und jetzt beiß' ich in einen rein." Und er verstummte dann, weil er sich von nun an ausschließlich dem Zimtsternessen widmen wollte.

Rezept für Zimtsterne

Zutaten: 3 Eiweiß
400 g Puderzucker
500 g geriebene Mandeln
1 1/2 Esslöffel Zimt
2 Esslöffel Kirschwasser
Zucker

Eiweiß zu Schnee schlagen, gesiebten Puderzucker darunterrühren. 1/3 der Masse beiseitestellen. Den Rest mit Mandeln, Zimt und Kirschwasser verkneten, auf Zucker 1 cm dick ausrollen, Sterne ausstechen und auf ein Backblech legen. Mit zurückbehaltener Eiweißmasse beziehen. Über Nacht trocknen lassen. Dann ungefähr 15 – 20 Minuten bei 130°C backen. Die Oberfäche der Sterne muss weiß bleiben.

Der Stern

Was du auch tust.
Ruhen. Streben.
Lass den Stern in dein Leben.

Was du auch fühlst.
Stillstand. Beben.
Lass den Stern in dein Leben.

Sinn oder Unsinn.
Zweifelnd. Ergeben.
Lass den Stern in dein Leben.

Wie auch dein Weg ist.
Steinig. Eben.
Lass den Stern,
den Stern in dein Leben.

In dieser Zeit

Wenn die Kinder fragen:
  Wie lange noch?

Wenn die Eltern seufzen:
  Wie viel noch?

Wenn die Alten denken:
  Wie oft noch?

Wissen alle:
  Die Zeit ist nah.

Zufälligkeiten

Die Großmutter hatte die Kinder in den Ferien zu einer Fahrt auf dem Neckar eingeladen. Doch nach der vierten Burg etwa und der dritten Schleuse wurde den beiden Kindern die Zeit lang. „Bekommen wir ein Eis oder Pommes Frites?" quengelten sie. „Ich habe ein Wurstbrot dabei und Äpfel", sagte die Großmutter, aber das wollten die Kinder nicht essen, einen Snack lieber oder eine Waffel, die es am Schiffskiosk zu kaufen gab.

„Zu Wurstbrot fällt mir ein Gschichtle ein", sagte die Großmutter, „setzt euch noch ein bisschen hin." „Eine wahre Geschichte?" fragte Anja. „Ach je", sagte die Großmutter, „so ein herglaufenes Erinnerungsfetzele aus meiner eigenen Kindheit halt. Mir hen früher Butterbrot gesse oder Schmalzbrot oder Gsälzbrot, wenn mir Hunger ghabt habe", fing die Oma an. „Gsälz war Marmelade", sagte Tim fachmännisch. „Des weisch du, gell", fuhr die Oma fort, „und i weiß no genau, dass i amal vor Weihnachte, vielleicht sogar am allerletschte Schultag, a Wurschtbrot dabei ghabt hab. In der Pause war mir aber net recht gut, vielleicht wege dere Aufregung vor Weihnachte oder übers Zeugnis, jedefalls war ufm Hoimweg mei Wurschtbrot no im Schulranze, und i hab Angscht ghabt, dass mi mei Mutter verschimpft, wenn i's wieder hoimbring. S'hat gschnie an dem Dag, und so bin i durch de Schnee zoge mit meine Gedanke, als uf oimol mitte aus dene große Flocke a Hundle uftaucht isch und isch vor me nogschdande, a schwarzes Hundle, und hat gwinselt. Vielleicht hat's gefrore, i hab's vorher nie gseh und nochher au nimme, jedenfalls bin i schteh bliebe und hab des Hundle gschreichelt und hab denkt: wie wirsch du Hundle bloß Weihnachte feiere, und do isch mir siedigheiß mei Wurschtbrot wieder eigfalle, i hab de Ranze runter, des Wurschtbrot auspackt, und des Hundle hat des Wurschtbrot verschlunge, ihr glaubet net, wie.

Und do hab i mi gfreit und des Hundle au, und es isch dann davogschwänzelt und verschwunde im Schneetreibe, und 's war uns beide gedient. Und an dem Weihnachte hab i mei Puppeschtub kriegt, und in dere Puppeschtub war en Vater, a Mutter, drei Kinder und an schwarzer Gummihund zum Schpiele, der grad so ausgseh hat wie seller ufm Hoimweg von dr Schul. So gibt's halt manchmol Zufälligkeite", sagte die Großmutter, machte ihre Tasche auf, nahm das Portemonnaie, öffnete es, holte einen Geldschein heraus, auf dem ein grünlockiges Fräulein zu sehen war, und hielt den Zwanziger den Kindern hin.

„Gucket", sagte sie, „do isch jetzt oine druffdruckt, die selber alleweil nix vom Geld ghalte hat. Des isch halt au so a Zufälligkeit, mol passt's und an andermol passt's net. Jetzt kaufet ihr euch was davo nach eurem Guschto, und der Rescht isch für's Schparbüxle."

Tim und Anja zogen zum Schiffskiosk ab und die Großmutter blickte gelassen der nächsten Burg und der nächsten Schleuse entgegen.

Das kranke Engelchen

Die Mutter war am zweiten Weihnachtstag zum Weihnachtsliedersingen bei Freunden eingeladen und ihre Kinder kamen mit.
Wie jedes Jahr waren viele Gäste in das alte Bauernhaus gekommen und die Gastgeber hatten wieder keine Mühe gescheut: schön geschmückt prangte der hochgewachsene, zweistockwerkgroße Christbaum in der Stube, mit roten Äpfeln, roten Kerzen und Strohsternen, die wie Sonnenräder glänzten, stimmungsvoll und gediegen verziert; auf einem geschnitzten Stuhl stand die Erzgebirgsmühle, und angetrieben von der Kerzenwärme wanderte die heilige Schar unermüdlich im Kreise; die Gäste konnten es sich aber bequem machen und gemütlich, denn vor ihnen strahlte die reichhaltige Kaffeetafel; die Hausfrau hatte neben Weihnachtsgebäck Linzer Torte gebacken, Eierlikörkuchen, Apfelkuchen und Brombeertorte aufgetischt; zwischen den Gedecken lagen Engelchen auf Tannenzweigen; Tee gab es, Kaffee, Punsch oder Wein, und nach dem freundlichen Vorstellen der Gäste verlas der Hausherr Geschichten aus seiner geliebten schlesischen Heimat; Kinder sagten Gedichte auf, einer der Freunde begleitete seine Frau, die Lieder vortrug, auf der Gitarre, ein Ehepaar ließ Lieder im Duett ertönen, eine Dame gab ein Solo, und dazwischen sangen alle inbrünstig Weihnachtslieder zu Klavierbegleitung und staunten, dass sie, obwohl sie aus den verschiedensten Gegenden Deutschlands stammten, diesen reichen Schatz, dieses alte Gut, noch in sich trugen, auch wenn manchen von ihnen das Christkindlein inzwischen etwas entfremdet war, entmythologisiert oder entwachsen und entschwunden, so klein und vertraut es in der Krippe unter dem Tannenbaum auch lag.

Die Kinder tranken Apfeltee, sangen nach Kräften mit, spielten, wenn einzelne Liedvorträge stattfanden, oder horchten auf und bekamen große nachdenkliche Augen, als ein barfüßiger Maler seine Bibel hervorzog und daraus Psalmen vorlas, in einer fernen gewaltigen Sprache, die alle erschütterte: war das nicht doch ergreifbar Gottes ursprüngliches Wort? Und ergriffen schwiegen sie eine Weile. Solchermaßen war der Nachmittag ausgefüllt und fand sein Ende dadurch, dass ein Ehrengast die Stange mit dem Anzünder nahm und die Kerzen des hohen Baumes zum Leuchten brachte. Alle anderen Lichter wurden gelöscht, der Weihnachtsbaum gebührend besungen, und dieser Eindruck von lichterfüllter Gemeinsamkeit prägte sich tief ein und hielt lange vor.

Mutter und Kinder fuhren nach Hause, bewegt und ein bisschen müde, zogen die Mäntel aus und gingen ins Wohnzimmer. „Schau, Mama," sagte Felix, „darin liegt das kranke Engelchen." Und er packte eine rote Serviette aus. Die Mutter verwunderte sich etwas.

„Schau, Mama," sagte Felix, „es hat sein Bein gebrochen und will beim Christkind liegen, damit es wieder gesund wird."
Felix hatte das Engelchen von der Festtafel gerettet, ein Erzgebirgsengelchen mit einem abgebrochenen Bein. Er legte es sorgfältig neben die Krippe. „Schlaf gut," sagte er, „morgen bist du wieder gesund!"

Da fiel der Mutter ihre alte Erzgebirgs-Spieluhr ein, die besetzt war von lauter Engelchen mit gebrochenen Armen und Beinen, aber noch unbeschadet „Stille Nacht, heilige Nacht" spielen konnte. Es würde nicht auffallen, wenn solch ein amputiertes Engelein sich als barmherziger Organspender betätigte.

Über Nacht geschah dann das Wunder. Das geheilte Engelchen lächelte den Kindern am nächsten Morgen zweibeinig entgegen.
Die Freunde, als sie davon hörten, freuten sich mit, und seither darf das Engelchen immer in der Krippe beim Jesuskind liegen, das die Rettung bewirkt hat, und Ochse und Esel staunen es beide mit großen runden Augen an.

Kinderlied vom Wunder im Stall

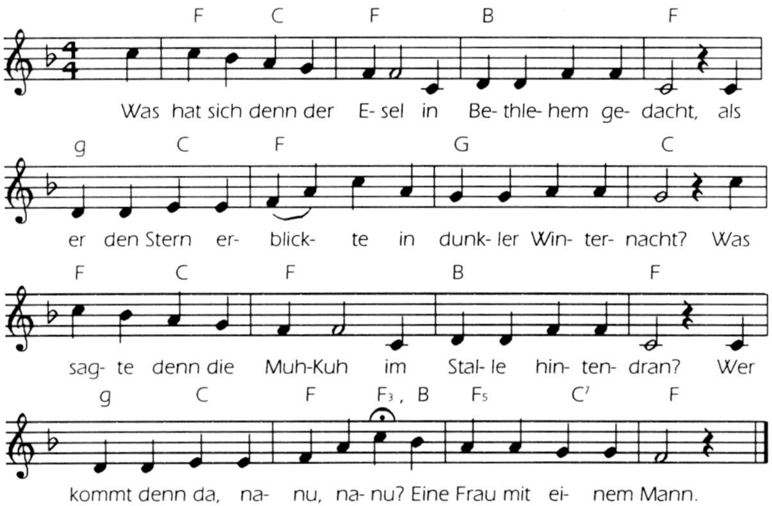

Begleitmuster für Gitarre

Die legten in die Krippe
hinein ein kleines Kind.
Sie deckten's zu, „Schlaf ein, du",
und draußen blies der Wind.
Da flogen viele Engel
vom hohen Himmel her.
Die Muh-Kuh und der Esel,
die freuten sich so sehr.

Sie hatten es mit eige-
nen Augen angesehn:
Der Heiland ist geboren.
Ein Wunder ist geschehn.
Es ist diese Geschichte
schon alt und gut und wahr.
Und so wie Ochs und Esel
freun wir uns jedes Jahr.

Text: Gisela Munz-Schmidt
Melodie/Satz: Elisabeth Mayer

Sternenhimmel

Meine Sehnsucht
friert
in der Winternacht
und hüllt sich in die Sterne.

Welch weiter Mantel
für die Gedanken.

Im Himmel
haben alle
noch Platz.

Zwischen Sternen

Zwischen Sternen überwintern.
Sonne herüberretten.
Rotes Flammendes lange erhalten.

Leben
im Einklang
gestalten.

Der geschenkte Feiertag

Unser Großvater kam in diesem Jahr einen Tag früher als angekündigt, und gerade das machte das Weihnachtsfest so gemütlich. Mit Lebensmitteltaschen voll bepackt kam ich zur Türe herein. Ich hatte sein Auto schon entdeckt, und da saß er vergnügt zwischen allen anderen Familienmitgliedern beim Tee mit Gebäck.

„Lass alles liegen, Kind", sagte er, „ab jetzt ist Weihnachten".

Das machte ich auch, verzichtete auf restliche eingeplante Sonderaktionen, tat nur noch das Allernötigste und genoss den einen geschenkten Feiertag, der dadurch entsteht, dass etwas besonders Liebes einzieht ins Haus: ein Besuch, der mehr mitbringt als sich selbst und Geschenke:

Die Mutter bringt ein Vater mit, auch wenn sie nicht mehr dabei ist, die eigene Kindheit hat er im Gepäck, alle gemeinsamen Erlebnisse und auch die Geschwister, selbst wenn sie weit entfernt mit ihren Familien feiern. Er kennt die alten Geschichten und ist offen für neue, und so sitzt er am Tisch bei Spiel, Gespräch und Mahl wie ein großer wertvoller Schmuckstein in einer schönen Kette.

Stilleben mit Kanne und Granatäpfeln 1997, 36 x 48 cm

Weihnachtsbesuch

Wir waren zum Weihnachtsbesuch ins Seniorenheim gekommen und saßen auf allen verfügbaren Stühlen um unsere alte Großtante herum.

Die Unterhaltung war freundlich und doch eigentlich gequält und recht mühsam, ein paar Fragen hin und her, ein paar kurze Antworten, suchende Blicke, verdeutlichende Gesten, als sprächen wir alle in fremden Sprachen.

„Wir feiern Weihnachten im Heim wieder wie die vergangenen Jahre auch", sagte die Großtante, und wir alle wussten das schon. Plötzlich überzog eine ungewöhnliche Röte ihr Gesicht. „Mein schönstes Weihnachten", sagte sie rasch, „war, als ich den Verlobungsring bekam. Es war Krieg, wir hatten kein Geld, es gab nichts, und da kam er am Weihnachtsmorgen und steckte mir einen Silberring an, den er von einem Freund hatte anfertigen lassen.

Am Nachmittag
ging er wieder. Für immer",
sagte sie, „er fiel", und sie sah unsicher in die Runde, und ihr Blick senkte sich auf ihre Hände, die im Schoß lagen. Ihr Gesicht verlosch, und sie sah blass und angestrengt und faltig aus.

„Das wollte ich euch einfach einmal sagen", fügte sie noch hinzu und verstummte.
Wir sprachen dann noch über dieses und jenes, behutsam, und überreichten zum Schluss unsere Päckchen.

„Danke", sagte die Großtante und lächelte jeden von uns an, „es war schön, euch zu sehen."

Zärtlicher als sonst nahmen wir Abschied.

Eine Erinnerungsgeschichte

Wie schon einmal zuvor war ich zur Adventsfeier des Frauentreffs eingeladen, um Geschichten und Gedichte vorzulesen. Aber das Vortragen kam mir für diesen Abend zu einseitig vor, als Einstimmung und Öffnung mochten meine weihnachtlichen Gedanken wohl dienen, aber dann sollten die Erinnerungen und Empfindungen der Teilnehmerinnen im Mittelpunkt stehen, denn so sehe ich die Aufgabe der Dichtung an: eine Brücke aus Worten soll sie sein, die neben ihrer Eigenheit, Eigenart und Eigengesetzlichkeit Schreiber und Leser, Erzähler und Zuhörer als tragende Pfeiler verbindet und Wege öffnet zu beiden hin.

Und da erzählte eine Frau von ihrem schlimmsten Weihnachtsfest als Kind, als ihr Vater kurz vor Heiligabend aus der Kriegsgefangenschaft zurückgekehrt war und ihre Schwester die Mutter immer wieder verständnislos gefragt hatte: „Warum darf dieser fremde Mann jetzt neben dir schlafen?" Der Vater, das wussten die Kinder, würde ihnen zum Fest Stiefel schenken, gefütterte neue Stiefel, ihre ersten gefütterten neuen Stiefel in ihrem ganzen Leben überhaupt.

Der Vater hatte auch Rahmbonbons mitgebracht, die an den Christbaum gehängt werden sollten. Die Kinder bekamen den Auftrag, diese mit Bändern so zu umschlingen, dass sie als Baumzier verwendet werden könnten. Da saßen sie also, die drei Nachkriegsgeschwisterkinder, ausgehungert im allgemeinen und nach Süßigkeiten im besonderen, und umbanden die eingepackten Toffees. „Packen wir eines aus und teilen es uns", schlug der Bruder vor (Versuchung ist süß und Beherrschung ist bitter), und so geschah es – erst wanderten Teile in die Münder, dann die ganzen Bonbons, denn sie schmeckten wundervoll, sahnig und wohlig. Aber der fremde neue Vater tobte, als er die Bescherung sah, die sich auffällig reduziert hatte auf ein Drittel oder ein Viertel, jedenfalls nicht einmal auf die Hälfte, und die Kinder gingen zu Weihnachten leer aus und bekamen als Strafe die neuen Stiefel erst im Januar.

Die Dichtung ist eine Brücke, das ist wahr, aber auch die Erinnerung ist eine Brücke, eine brüchige manchmal, manchmal eine sichere, eine schöne gelegentlich und zuzeiten eine erschreckende, eine, die wankt mit dem Wind, und eine, die zurückführt zu dem Leben als Kind wie hier, als diese Frau noch drüben mit ihren Geschwistern ging mit zu großen Fragen und zu schweren Stiefeln.

Weil Krieg ...

Weil Krieg sengt
und weil Hunger brennt
und weil Neid zündelt
und weil Hass fackelt
und weil Gewalt flammt
und weil Not lodert

gibt es Weihnachten eigentlich nicht.

Weihnachten wäre ganz anders:

Ein wärmendes Feuer.
Die ewige Flamme.
Leuchtendes Licht.

Friede

Wir halten hier Kerzen in Händen,
jedoch an anderem Ort
sterben Menschen in Flächenbränden.
Ach Friede, süßer Friede!
Du bleibst ein fremdes Wort.

Weihnachtliches Stilleben 1996, 20 x 14 cm

Maria

Wer bist du? Niemand weiß es genau.
Mutter. Göttin. Frau.

Du hast dein Kind auf die Welt gebracht
unter Schmerzen wie wir. Licht in die Nacht.

Wir sehen dich wieder übergroß,
Pietà. Den gekreuzigten Sohn auf dem Schoß.

In Mandorla und Rosenkranz
wirst du verehrt im Kerzenglanz.

Deine Farben Blau und Rot und Gold sind uns vertraut.
Vergangen bist du und ewig. Glatt bleibt deine Haut.

Du hast gelitten, gelebt, geliebt, gebüßt.
Maria. Sei mir gegrüßt.

Josef

Dem Zimmermann Josef
ein Lied singen.

Dem, der Sorge trug.
Dem, der Wurzeln grub.
Dem, der Holz zuschlug.
Der ein Haus aushub
für sie
und für sich
und für ihn.

Ich weiß nicht, was jemand
Größeres sagen könnte
über einen anderen.

Zum Jahresanfang

Ein Jahr, das beginnt,
und eines, das endet.
Die Zeit, die bleibt.
Die Zeit, die sich wendet.

Ein Strahl von Sonne,
ein Lied vom Licht,
ein Schimmer und Schein,
der ins Dunkle bricht

vom Glück,
das die Boten uns sendet.

Sonnenuntergang in Friedrichshafen 1995, 32 x 41 cm

Inhalt

Die Autorin
Gisela Munz-Schmidt

Geboren 1947 in Neckarsulm, aufgewachsen in Heilbronn. Ihr Abitur machte sie 1966 (Scheffelpreis).

Nach dem Studium in Heidelberg unterrichtete sie Deutsch und Englisch an den Gymnasien Wertheim und Sandhausen.

Gisela Munz-Schmidt ist verheiratet und hat zwei Kinder. Sie lebt seit 1984 in Owingen/Bodenseekreis. Nach Beurlaubung und ehrenamtlichem Engagement im Umwelt- und Naturschutz und in der Kommunalpolitik arbeitet sie seit 1993 als Lehrerin am Staufer-Gymnasium Pfullendorf.

Seit 1987 schreibt sie Gedichte, Kurzprosa und Kindertexte. Ihre ersten Veröffentlichungen erschienen 1988. Von sich selbst sagt sie: „Ich schreibe, damit ich verstehe und dass ich bleibe."

Die Malerin
Sibylle Buderath

Geboren 1948 in Herford/Westfalen. Aufgewachsen in einem kunstorientierten Elternhaus. Abitur.

Lebensstationen waren unter anderem in Herrenberg und Buchholz in der Nordheide. Sibylle Buderath hat einen erwachsenen Sohn. Von 1992 bis 1998 lebte sie in Heiligenberg oberhalb des Bodensees. Ihr jetziges Domizil fand sie 1998 in Bermatingen/Bodenseekreis. Auf ihren Reisen, die sie auch häufig ins Ausland führen, findet sie schöpferische Anregungen.

Seit 1987 malt sie Aquarelle, und seit 1990 veröffentlicht sie in verschiedenen Kalender- und Kunstkarten-Verlagen.

Ihre Bilder sind in zahlreichen Ausstellungen zu sehen. 1992 erhielt Sibylle Buderath den Kunstpreis der Stadt Herrenberg. Über sich selbst sagt sie: „Ich liebe Natur und Harmonie und finde so Inspirationen und Motive."

Verlag und Vertrieb:
Stadler Verlagsgesellschaft mbH 1999
78467 Konstanz, Max-Stromeyer-Str. 172

Gestaltung: Impulse, Überlingen

ISBN 3-7977-0436-4

In dieser Reihe sind erschienen:
Wege zum See
Blumen am Weg
Bäume am Weg
Rosen am Weg
Winter- und Weihnachtsbuch

Abbildungen auf dem Umschlag
Vorderseite: Weihnachtsstern 1997, 20 x 26 cm
Rückseite: Adventskranz 1997, 36 x 48 cm